Verlag Voland & Quist, Dresden und Leipzig, 2012

Lektorat: Karin Fellner, München | karinfellner.de

Gestaltung und Satz: Simon Karlstetter | ostrario.com

Druck und Bindung: C.P.I. Moravia, Czech Republic

Sprachaufnahmen, Mischung, Mastering, Regie: Marc Frank, Augsburg

Musik: POEMBEAT (Alexander Möckl) | musicforopenminds.com

CD-Produktion: polycopy, Aachen

voland-quist.de

INSGESAMT SO, DIESE WELT

Lydia Daher · Gedichte

Verlag Voland & Quist

INHALT

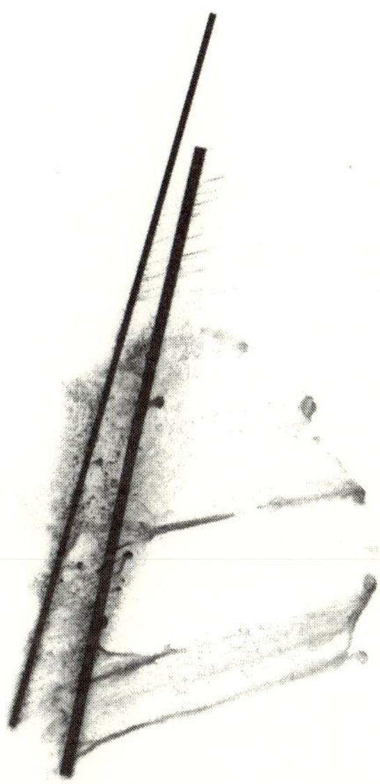

WAS WIR BRAUCHEN

Es reicht für den Anfang
eine Balkonszene.
Und Zeit, die sich dehnt.
Ein paar Details, unwichtig welche.
Vielleicht kommst du auch vor.

Die Modernität deiner Melancholie
in fälligem Licht.

Wahrscheinlich lässt sich bald
darüber schreiben.
Es wäre verlogen und warm.
Und nicht anders
vorstellbar.

IN FRÜHE LUFT GEWICKELT

Was die Welt durch das Fenster verrät,
ist wirklich nicht viel: nur zehn
Prozent Dachspitzen unter
neunzig Prozent Himmel.
Doch so betrachtet
ist das genug.

Auch wenn die Zeit der Eiligen naht,
das Licht sich gegen uns verbündelt hat,
lass uns versuchen ruhig zu bleiben.
Denn wenn wir jetzt aufstehen,
werden wir dieses Bild
nicht mehr los: *vom Anzug,*
den einer zum Lüften raushängte.

Jede Bewegung würde
meine Berechnungen stören.
Und dann die Frage, wie es
weitergeht mit uns –
ich wende sie leise im Bett,
ein paar Grad gegen
den Tag.

GRÜNER NACHMITTAG

Blätterzwitschern,
Vogelrauschen. Dieser Tag wie
ein gestohlenes Lied.

Die Wischtechnik
unsrer Blicke. Die leichte Synkope
der Tritte. Ein Tanz auf dem

Zirkelweg,
Nadeln darauf.

EINFACHES LIED

Sein Gesicht hab ich
millionenmal gesungen.

Ein Lichtbild,
wenn die Morgensonne
in ihn fällt.

So auf und ab,

MEIN HERZ MEIN HERZ

und auch die Fichten,
sie schunkeln jetzt
fast.

SO FÄNGT ES IMMER AN

Mit einem Springbrunnen.
Mit einem Schattengitter auf dem Fuß.
Mit Leuten wie uns
und ihrer Fortsetzung vom Ende.

Es ist ein Sonntag aus
Sonne und Wasser.
Und ich schaffe es nicht,
an Treibholz zu denken,
während ich deine Füße betrachte.

Die Module der Wolken,
die über uns mauern.
Die Flucht der Schwalben.
Die faulenden Blätter.
Ich möchte dir das nicht erklären:

Wie schnell man sich
an die Schönheit gewöhnt.

Der Tag ist perdu, die Vögel pfeifen.
Der Anblick von Herbstlicht
auf deinen Armen war eben
noch irgendwas wert.

WAS AUS DEN HÄNDEN GLITT

Diese Traurigkeit versorgt sich heimlich
aus den großen Vorräten der Außenwelt.
Schau dir die Häuser an: fast alle haben Risse.

Platanen, deren Laub dazu da ist, Verlust
auszudrücken, Augen wie verglaste Pförtner-
stuben, dahinter Nebel und das Ende.

Ein paar Ecken weiter, in den Dach-
kammern unsrer Erinnerung, hält sich
das Gesumms der Fliegen versteckt.

Ein nackter Geliebter, ein verkommener
Streit und immerwährendes Staunen über
das Eigene, das aus den Händen glitt:

Akkorde und Schnee für kommende Winter.
Zeichen im Staub verlassener Dielen.
Ein Schwur. Ein Stattdessen. Die Tage darauf.

LETZTE ZIGARETTE

Sei nicht alarmiert,
wenn Schatten größer werden,
zum Schlafen ist die Nacht
nicht mehr geeignet.

Zaghaft wird sich der Tag
entzünden. Am Schweigen,
das an Zungen zieht.
Am nächsten Blick
durchs Fensterkreuz.

Lass es Spannungsrisse
in Gestirnen sein.
Die Korrosion der Kornblume.
In allem steht breitbeinig
Flüchtigkeit und bald schon
fuhr der erste Bus.

Aber vorher lass uns
Beständigkeit spielen:
Ringe tauschen, aus Rauch,
diese Nacht. So beiläufig
die letzte Runde.

AUFATMEN

Ein paar Schritte zwischen Haus und Haus,
bevor der Abend in die Straße fällt.

Die Bilder werden langsam.
Durch die Luft
geht ein erträgliches Rot.

Keine Glocke läutet
für die Fliegerstaffel der Stare.
Die letzte Runde der Hundebesitzer.
Das bisschen Tag,
das noch in Zäunen hängt.

Der Trugschluss
eines geschlossenen Tors,
vor dem das Licht bloß
Schatten findet.

Und hinter den Fenstern: Flimmern.
Blaue Leitsterne,
braune Kommoden.

Wir kehren zurück
vor Nachrichteneinbruch.

TESTGELÄNDE, TAGESMELDUNG

Russland hat drei Satelliten verloren.
Sie stürzten unweit von Hawaii ins Meer
und kreisen nun in einem Strudel Plastikschrott.

Wie oben, so unten,
das alte kosmische Gesetz.

Wie du weißt,
ich hege gewisse Sympathien
für die Metaphern des Untergangs.
Für alles, was wir ins
              Nichts schicken können.

Raubtiernacht, sagen die einen.
Gute Nacht, sagen die anderen.
Und immer schneller vergrößert
der Raum sich.

Raum, der sich spannt von mir zu dir.
In welchem wir trinken und Pläne haben
von sehr weit unter uns bis an den Himmel,
der neu entsteht
              in jedem Moment.

So träumen wir an abgerundeten Tischkanten
auf einer tektonischen Platte
im frischen Rauschen
der Frequenzen.

Und ist es nicht merkwürdig,
dass ausgerechnet wir
hier sitzen, unter den vollen Regalen des Himmels,
mit wohlsortierten Bewegungen, in diesem
besonders privilegierten Universum,

in dem es Radios gibt
und Samstagnächte?

DIE STERNE WAREN LANG SCHON VERGRIFFEN

Zum Beispiel wer außer dir,
wer käme darauf,

den Mond
in dieses Zimmer zu falten

und seine Füße
daneben zu stellen

und dieses Bild
zu einsam zu finden

und deshalb
lieber ein Foto zu machen

von etwas
ganz anderem.

OBERHAUSEN, ERINNERST DU DICH?

Ich nannte dich Wolke,
du gabst mir dein Wal-
herz. Wir schlugen uns
gemächlich durch

das zähe Fleisch
zweier Döner,
das zarte Fleisch einer
Nacht, in der wir saßen,

jeweils den Atem des
andern anhaltend.
Busfahrer fuhren
und grüßten uns nicht.

Mit der müden
Fracht seines Körpers
ein Jogger. Am Stopp-
schild ein Netz,

in dem sich nichts
mehr entlarvte.
Und kaum dass wir
satt waren, dämmerte es

hinter Halbsätzen,
die wir nun dachten.
Zwischen den Lippen
leuchtendes

Schweigen,
in dem unsre Küsse
wie Spaceshuttles
schwebten.

NEULICH AM FLUSS

Wie ein Bronzeorden
lag deine Hand

auf meiner Brust
am Ufer des Flusses.

Darüber die Sonne.
Die rote Seide auf-

gespannter
Gedanken im Kopf.

Hautflügler
über dem Kies.

Ein Junge im Wasser
türmte Algen zur Burg.

Wir nickten ihm zu,
als wir gingen.

HIER ENDEN DIE LIEDER VOM LAUBFALL

Altweibersommer, letztes Licht.
Und du wirfst dein Haar Richtung Süden.
Von mir aus.
Es muss nicht viel deutlicher werden.
Dein Abschiedsgesicht.
Mein Abschiedsgesicht.
Fast stehen wir gar nicht mehr hier.
Ein Junge hält vor uns auf seinem Fahrrad.
Zusteigen bitte.
Und schon ist es spät.
Nach langem Spaziergang
zählt plötzlich kein Wort mehr.
Das Blei im Bleiben
ist immer noch schwer.
Schwer wie die letzte der Baldachinspinnen.
Ihr Flug geht furchtbar nah
an dir und mir
vorbei.

INSGESAMT SO, DIESE WELT

Samstag, schon wieder.
Alles sieht irgendwie aus
und draußen werden die Gärten gemacht.
Wie schön, sagen wir, die Blüten,
das Gras, die frischen Triebe
in bröckelnden Wänden.

Ich möchte dich ansehn,
gespiegelt im Glas,
und an den traurigsten Tag
meines Lebens denken.
Denk du bitte gar nichts dabei.

Es ist vorbei
und eine Kanne Kaffee,
unsre Ellenbogen auf Stuhllehnen
oder die Sachlichkeit dieses Tischs
nach dem Frühstück.
Was bedeutet dir all das?

Noch ahnst du nichts von
meiner Angst, die da ist
und noch aufzuklären wäre
wie ein Parkmord.

Du denkst, es ist Samstag,
das Frühstück war gut
und draußen werden
die Gärten gemacht.

UNS BLEIBT NICHT MAL PARIS

Wir hatten Angst in Paris
während einer Vorstellung
Ende April. Es ging um das Ansehen der Welt,
als wir zusammengesessen haben
mit der Angst.

Angst, die uns streifte mit Frühlingsfingern.
Dich dort. Und mich dort.
Ich mit Angst vor deiner Angst.
Du mit Angst vor meiner Angst.

Sagen wir: Angst
vor siebzehn verschiedenen Wirklichkeiten,
unsrem unerschöpflichen Vorrat an Illusionen,
der Knochenlosigkeit unsrer Träume.

Ein Phönix, der der Angst entstieg,
den Assemblagen auf Fassaden,
dem Stolpern und Stottern
von Stadtwaldtieren
in Arrondissements jenseits der Ringautobahn.

Auch Angst
vor der Saumbebauung der Inseln,
vor Regenfilmen,
Schlossschatten, Parkanlagen.
Vor den zugeschütteten Armen
der Seine.

Klangvolle Orgel der Angst.
Komische Oper: Angst.
Kurz: Anziehungskraftangst.
Kunstgemäldeangst.
Monumentalbautenangst.

Hoher Raum mit Buntglasfenstern,
unsre Angst, unterirdisch wirkendes Licht,
einmastiges Schiff
mit bös geblähtem Silbersegel.

Vorhang auf
für gescheiterte Vorfahren,
die Steuerungsgene der Gestirne,
für Fehler im Text der Natur,
die Farben, Finsternis,

Sorgfalt der Angst:
Angst vor der Schöne des Tages,
dem letzten Tanz, der letzten Metro.
Vor dem Moment, und dem Moment, und dem Moment,
vorm Alphabet der Möglichkeiten,
den Listen, dem Abspann, der Widmung
der Angst.

Wir hatten Angst in Paris
während einer Vorstellung Ende April.
Es ging um das Ansehen der Welt,
als wir zusammengesessen haben
mit der Angst.

JAHR OHNE SOMMER

Geh nur nach Istanbul. Geh nach New York.
Geh nach Paris. Ich werde schreiben,
dass hier nichts passiert.
Dass bloß das Rauchen mir leichter fällt.
Ich stelle mir dich an Briefkästen vor.
Wie eine Erinnerung kommt
und deinen Alleingang bewacht.
Und schon stehst du
irgendwo in der prallen Luft
und der Postbote läuft vorbei.
Nicht jede Geschichte, die als Explosion beginnt,
muss zwangsläufig in Asche enden.
Zwei Zeitungszeilen, fast abgeschickt,
nachdem mein Fuß, mein einsamster,
auf einen andren Boden fiel
als deiner.
Wer weiß, wozu es sie gibt:
die langsame Prosa des Tagezählens,
Frau mit Dogge in Skyscraperschatten,
Tonskulptur mit schmalem Mund.
Dein Haar wächst nach,
wo du auch bist.
Nur kurz hält es an
auf Fotoabzügen.

FÜR DICH
S.K.

Unter meiner milden Mine
wachsen die Worte zusammen
für dich, der auch in andrem Licht
sich nicht so stark verändert
wie beispielsweise der kahle Baum
vor meinem Küchenfenster
oder die blaue Plastikplane
über dem Bauschutt vom vorigen Jahr.

Ich seh uns unabhängig
von den Witterungen –
und schon ist der Sommer vorbei.
Am Fenster haften die Tropfen
vereinzelt. Die Giebel
stehen vergraben in Wolken.

Und anders als den Vögeln,
die beim Durchpicken des Dunkels
ihre Flügel vergessen, fällts
mir auf dich bezogen schwer.
Ich werde es später als
Angst ausgeben. Das Reden
vom Fehlen, das kranichgleich ist.

Nicht üben will ich, dich gehen
zu sehen, mit langen Beinen, federlos
durch diese Landschaft oder Tür.

LANGSAMER WALZER, NICHT FÜR MICH

Musik wie Schnee
unter den Fingern.

Ich frage nicht nach
meinem Einsatz.

Rise and fall,
my foolish heart.

Zum nächsten Schlag
sanft in die Knie.

Er schiebt das letzte Notenblatt
beiseite: in Moll,

der traurigsten aller
Geschwindigkeiten.

ALLES DEUTET AUF FOLGENDES HIN

Ein seltsamer Ort für Schnee.
Ich mache dich nicht dafür verantwortlich.
Nicht für die Kälte, nicht für den Hund,
nicht für das Salz, das man für sich behalten hat.

Ich weiß nicht mehr, wie mein Weg sich verhält.
Schaffe einen Schritt nur nach innen pro Monat.
Du spürst, es geht hier langsam voran,
und doch hat sich vieles verändert.

Es ist ein Bild von Schlingernden, das einer
nach Hause trägt, in seine vier Wände,
die angelehnt an diesen Winter stehen.
Und alle Reviere schirmen sich ab.

Versteh, dass dies keine Anklage ist.
Zwei Körper, Schnee, gedämpftes Bellen.
Die Aussicht auf wenig und mittendrin wir,
müde vom täglichen Dämmer.

So befinden wir uns in den zähen Stunden
der Gleichgültigkeit, meiner, deiner, unserer.
Einsame Striche in einsamer Landschaft.
Nur halb, so halb, so schlimm.

DIE WICHTIGKEIT DER HYAZINTHEN

auf der Fensterbank
wäre einen Brief wert.
Und auch das Laub in den Dachrinnen.
Und wie sieht es aus
in deinem ferner werdenden
Herzen?

Ich kann dir nicht sagen, wie sehr ich
deine Schritte im Flur vermisse,
das leise Näherkommen
deiner Hände.
Und es ist vielleicht Sehnsucht,

diese prüde Mutter des Verlangens,
während ich den Kaffee trinke,
der kalt ist wie
die Nacht, in der du schläfst
am gefühlten anderen Ende
der Welt.

In mir sind zerbrechliche Grillen,
die auf das Zusammen-
wachsen der Himmel hoffen.
Oder sagen wir,
auf Nachricht von dir.

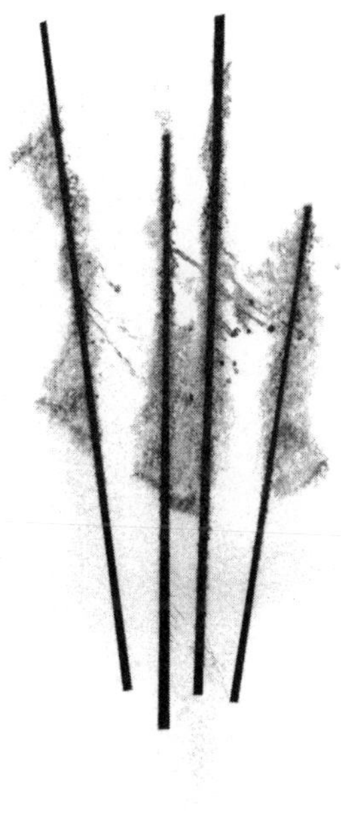

DIE FENSTER IN DIESEM ABTEIL

nach Jürgen Becker

Fahrtlärm, Dämpfe, Erinnerungen:
zwei Menschen am Ende des Gangs.
Links und rechts fallen Schwalben,
heruntergeschrien vom Himmel.
Schwertransporte aus Bitterfeld.
Bagger auf sandigen Brachen.
Die Tage nach dir sind noch nicht gezählt.
Aber jemand wird den Anfang machen
mit einem Blick oder Versprechen.
Einer wird weiter gehen als du.
Durch mich hinein in einen Raum
zum Fliegen.

ZWISCHEN STATIONEN

Fenster. Ein ganzer Schwarm
schwirrt Richtung Süden und

deine Blicke, mitgenommen, fallen
in offene Feldrücken ein.

Unter den Hieben der Überlandleitung
zieht sich die Landschaft zusammen.

Hin und wieder ein Knistern im Sichtfeld,
das unter rasendem Himmel liegt.

Und du siehst, wie hoch sich die Träume
über die Häupter der Städte erheben.

Dann wieder Fahrtwind, akribische
Gesten des Winkens am Gleisrand.

Ständig ändert sich daran nichts.
Das Verabschieden, denkst du,

hört nie auf.

LANDSCHAFTSBILD

Die Hügel, wie überall sonst,
ockergelbe Marschlandschaften.
Von hier aus: eine ganze rostige
Kindheit zurück.

Über gemähte Wiesen ziehen.
Die Rückkehr ans Meer spielen.
Revolverblumen, Treibgutufer.

Hier schwammen damals die Karpfen
synchron. Stark warn die Stämme
des Ahnens. *Ah, hätte man*
Wurzeln wie Blitze!

Und nirgends Stufen, bloß Bäume.
Der mutige Chor der Gräser
liegt noch lange im Ohr,

als sägte da etwas, sägte.

BEIM BLICK NACH OBEN

Übliches: Äste, Wolken, Leitungen.
Wolken, langsam,
in sich gekehrt. Als suchten sie
Heimat und fänden
bloß Himmel.
Himmel, der sich öffnet
und dann schließt.

KUTIKULA

Es war spät, im Mai.
Der Frühling fiel in sich zusammen
wie eine falsche Vermutung –
und der Himmel brach frei
und fand einen Ausweg.
Ich stützte mich auf Gegenwart.
Dachte: Abschied ist nur eine Metapher,
und ritzte: *Abschied ist eine Metapher*
in den Panzer einer reglosen Puppe.
Ich taufte sie Kutikula,
denn es klang schön,
nach Zauberspruch
oder dem Schlachtruf der Fibrillen.
Panzer, hurra, Kutikula –
wurde umtanzt am Espenast
von siebzig wollnen Kätzchen.
War Mittelpunkt im Mobile der Mumien,
dacht ich und lag noch lange still im Gras,
dem Knistern ihrer Häutung lauschend.
Und als ich nach Stunden erwachte,
da war ich grüner noch als sonst
hinter den Ohren,
mit einem Schmetterling
zum Feind.

UNMUTIGE GEGEND

Ich knie am Bach. Die Gelenke der Farne
sind müde. Die Lethargie
der Laubbäume, die sich heimlich
nach Nadeln sehnen.

Wenn ich mit gesenktem Kopf
vor meinen Behauptungen stehe,
ist es schon lange dunkel
und die Sterne sind alte Frustrierte,
an Wolken gelehnt.

Ich halte ein Brennglas über die Worte
Kälte und *Tod*. Ich halte ein Glaswort
über den Brand.
Ich halte das schon ewig aus.

Gesprochen habe ich seit jeher
für die Blüte,
die sich der Zuneigung zur Sonne schämt,
den Blattschneider,
der sich beim Winken selbst halbiert,
für kriechende Kakteen,
die seltenen Vorstufen der Nacht.

Wie lange noch soll ich Insekten
besingen? An Dichtung denken
und ihre geheimen Gesetze?

Diesen Ameisen gilt mein Memento.
Die Farne sind müde, knicken sich weg.
Ich stürze den Staat mit fünf Zehen.

DU DACHTEST

Es wäre das Feuer, das knistert.
Aber in Wahrheit gingen, tief drin

in den fauligen Stämmen,
fickende Käfer in Flammen auf.

Du glaubtest mir nicht,
sprachst von Niederschlägen,

von einem Überdruck,
der sich entspannte.

Und das war auch
ganz schön, sich vorzustellen.

OHNE TITEL
nach William Carlos Williams

Nicht das leblose Fast
der Träume, nicht
das Flüstern der Herzen, heiser,
vom ewigen Hoffen

gewürgt, nicht Siegen, nicht Schaffen,
nicht die geängstigten Waffen,
immerfort schreiend, gewetzt
in den Fäusten –

sondern

eine Schulter, die rausschaut,
scheu, braun, samthäutig,
und sich in dein Auge schmiegt
bedeutet die Welt, mein Herr.

GEHEIME ERMITTLER

Ihrer un-
fassbaren Anatomie

kam er
entgegen.

Stiller
und auf neue Art.

Sie waren sinn-
voll,

die Über-
griffe.

Vorsichtig
aus-

gerichtet

auf ihren
Bedarf.

HOL SIE DIR, LADY

nach »Stairway To Heaven«

Hol sie dir, Lady, deine Leiter zum Himmel.
– Aber was dann?
Es gibt immer zwei Wege,
sagt das Schild an der Wand.
Und wie wir beide die Straße hinabgehn
mit Schatten größer noch
als unsre Blicke gen Westen,
wie Rauchschwaden zwischen Bäumen,
ist da so ein Gefühl:
Als hörte ich Stimmen von Gaffern,
die uns zum Seitenwechsel raten,
und mein Verstand sagt: Hau ab,
und ich weiß, dass es die Büsche sind
und dass die Läden bald schließen.
– Aber was soll ich tun?
Ich bin, du weißt, ein Fels,
der schwer ins Rollen kommt,
und du kriegst immer, was du willst.
Darum hol sie dir, Lady,
deine Leiter zum Himmel.
Du könntest sie halten und still-
stehen; mir zusehen dabei,
wie ich versuche
den Wind zu fangen.

DIE MITTE DER ERDE

Beim Blick in den Spiegel
siehst du dich kaum,
und steckst dir trotzdem
ein Lächeln zu.

Wie das Absenden eines
unzustellbaren Briefs,
denkst du. *Was man gibt,*
das kommt zurück.

Du atmest tief ein
am offenen Fenster, ver-
suchst dein eigenes Herz
auszusetzen. Doch es

will dir nicht aus der
Hand; kein warmes Wort
und schon schlägt es Mittag,
der Kanon der Schuhe

schwebt in der Luft:
Alles was fällt, fällt auf
einen Punkt zu. Alles
was geht, geht auch vorbei.

Und wie wenn Stare
ihre Stellung wechseln,
um die Kälte zu besiegen,
sendest du deine stillen

Signale, bis die Analogien
verschwinden.

GEDICHTE GEGEN LANGEWEILE

I

Bastle dir ein Windspiel aus Wolkenmarmor.
Hänge es ans Kopfende deines Betts.

Wenn du dir morgens den Kopf daran stößt,
mache dir Gedanken
über den Ursprung des Wortes
Klangfarbe.

II

Fühle dich
wie der Haken eines Hobbyanglers.

Spüre ein Warten,
das sich selbst nicht kennt,

bzw.
warte ohne Eile.

III

Stelle dir vor, du singst ein Lied
über Mauern und Herzen.

Du bist Palästinenser
und startest für Israel
beim Eurovision Song Contest.

Rätselaufgabe:
Wie viele Punkte bekommst du
aus Deutschland?

IV

Gehe in den Wald.
Erfinde ein Minidrama.

Es spielt auf
der Unterseite eines Ahornblatts.

V

Erkenne die Nachbildung des Kopfs
deiner unglücklichen Mutter
in einem Flusskieselstein.

Spaziere mit ihm ans Ufer
und lasse sie übers Wasser springen.

VI

Rufe alle Menschen an,
die sagen, dass sie hinter dir stehen.

Beschwere dich darüber.

DIE TAGE WERDEN LANGSAM WIEDER KÜRZER

So wie das Schweigen länger wird, aber nicht schöner.
Als wäre etwas ausgegangen Stück um Stück.
Etwas, um das man die Nachbarn nicht bittet.

Bedeutendes fehlt und auch der Mut, laut zu sein.
Und selbst mit andren Worten wäre dies kein Lied, das
jemand singt für dich und gegen sein eigenes Schweigen.

Was könnte man sagen zum Staub auf den Lidern,
zum Verramschen des Nichts, zu den Ufern des Lichts
auf dunklen Dächern. Unter denen wir sitzen

und Schindeln befragen: nach Dichte und Sturm
und der Stille danach. Nach dem, was nur
in der Luft liegt. Die Sache mit unsrem Alleinsein

müssen wir lernen. So wie man Sonne lernt oder
den Regen, an dessen Tropfen Licht sich beugt wie
eine Hoffnung, unter den Flügeln behaupteter Hähne.

GESTERN

Immerhin war dort Licht.
Über die Worte hinaus folgte ich
den Erzählungen.
Eine handelte von uns, eine von anderen.
Die dritte davon, dass wir sandig seien
und deshalb Grund genug
für neue Götter.
Ich glaubte nicht daran,
baute nicht darauf.
Die Rede war von
parfümierten Skorpionen,
von einem Apfel, der fast Apfel war,
vom Umgang mit den Paradiesen.
Ich sah Spuren im Boden
und darin nichts. Aber
immerhin war dort ich.
Über die Orte hinaus verfolgte mich
eine Erwägung:
Wären die Hände der Heiligen gläsern,
sie gingen auf unseren Schultern
zu Bruch.

UND ALLE DREI SEKUNDEN

Was in unserer Macht liegt,
ist nicht Sache der Vorsehung.

Gott versteckt sich
hinter einem meteorologischen Phänomen
und ein Selbstmordattentäter
trifft Vorbereitungen
für seinen großen Tag im Virgin Megastore.

Wie das Wetter über der Republik:
Wir haben es versucht.
Und unsre Freunde haben es versucht.
Und Macy Gray hat es versucht.

Und alle drei Sekunden
blinzeln sich die Siebenmilliarden
vom Jetzt ins Hier und sagen
super oder *auch das geht vorbei.*

Und im Fernsehen zeigen sie
Freigehege. Zitronenhaie bei Rimini,
Kinder des Mittleren Ostens.

Die Aussicht auf wenig ist
immerhin Aussicht.
Man bleibt am Leben, man atmet,
man spart.

Und alle drei Sekunden
jagt ein Blitz, ein Bild, ein Ruf nach Engeln
durch das Streiflicht
Gegenwart, mit Spuren vom Krieg
und Spuren vom Aufbau,
die Spuren vom Krieg sind.

Und alle drei Sekunden
eine neue Wirklichkeit,

in die ein Pannennotruf eingeht,
in der die Preise fallen,
in der ein Mensch stirbt und ein Hai.

IN KRIECHKELLERN

Wir waren Überflieger
mit verklebten Augen.
Und ratlos, auf diese Weise
kamen wir voran.
Nachts lasen wir in alten Gedichten
und fühlten uns am Morgen
wie erschlagen.

Und das war vielleicht der Fehler:
das Immer-wieder-dahin-Gehen,
wo nichts zu Ende gedacht.
In der Schwebe, sag mir,
wie sollte da etwas wachsen?

Wir forschten zur Beruhigung
in Todesanzeigen, das künstliche
Licht unsrer Flucht hielt uns wach.
Wir hatten ganz sicher viel vor uns.
Im Guten wie im Schlechten
meinten wir, schon mal was

vielleicht Wichtiges
erkannt zu haben.

THE REVOLUTION WILL NOT BE SUPERVISED

Da sitzen wir wieder
und arbeiten,
werden bald etwas
getan haben.

Den Schlaf verdient, den Raum
fürs Bett. Das Sofa,
auf dem wir
die Montage fürchten.

In diesem Stadium
leben wir also,
Astronauten sind wir und

wissen es nicht.

Nur die Ahnung vom Weiter
hält uns auf

den Stühlen,

auf denen wir etwas

getan haben
werden.

DAS LÄCHELN DES ABTEILUNGSLEITERS

Es ist wie Rodeo.
Ein kleiner Samstagsritt
auf dem fetten Nacken
des Westens und sicher

keine Glanzleistung.
Aber Ablenkung, immer-
hin, diese Suche nach
Dingen, in denen die Ruhe

der Eindeutigkeit liegt.
Wir sind Auserwählende,
zu deren Füßen die Bilanz
einen Knicks macht.

Und auch der Rest ist aus-
gewogen. Wohlgesetzt
ist das Falschlicht, das uns
die Wege auszeichnet.

Wohlgesetzt das
Lächeln des Abteilungsleiters.
Wir können uns wenigstens
darauf verlassen:

Wir finden uns wieder
in diesem Parfum.

MONDRIAN

Quadrate in Gesellschaft
einer künstlichen Blume.
Auf dem Tisch: zwei Brillen,
eine Pfeife. Geheimes
Gleichgewicht der Flächen.
Rhythmus der Grenzen.
Nächster Schritt: im Tanz
Notizen machen. Lieber
verhungern als noch
eine Landschaft malen.

PLATTENBAU, SOMEWHERE

Man hatte hier
gleich hinter den Plattenbauten
eine große Kunstblume aufgerichtet.
Wie einen Beweis dafür,
dass auch ein schwacher Staat
die Gesten kennt,
auf die es ankommt.
Man könnte noch
mehr dazu sagen:
über den Lauf der Zeit,
wenn keiner vorankommt,
über die Zärtlichkeit
einer Grapefruit zum Beispiel.
Doch wir sollten es dabei
belassen: Die Blume
leuchtet fetischfarben,
das Rot am Horizont tut weh.
Und leere Taschen,
auf links gezogen, flattern
als weiße Fahnen
im Aufwind.

NICHT ALLES

Da sind zu viele Vögel
in diesem Baum.
Da geht einer raus
mit der Geste von gestern.
Da ist ein Junge,
der ins Ohr
seines Vaters spricht.
Da sind 150 000
offene Stellen
auf dem Asphalt,
am Arbeitsmarkt
und in diesen Herzen.
Da ist die Klarheit
von Brüchen
in ein paar Tonnen
schmutzigen Teers.
Da trägt ein Mädchen
Schnee an der Hüfte.
Da streunt ein Rudel
Laub um die Häuser.
Da steht ein Echo
im Fensterflügel.
Da ist ein Junge,
der ins Ohr
seines Vaters spricht.
Wir wissen nicht,
was er ihm anvertraut.

SAG, WIE GEHT ES WEITER, FRED?

Arien der Tristesse in Berlin, wässrig
das Ende vom Mai.
Zwischen den Zeilen der Häuser
stehn wir, windschiefe Wolken,
an Wände gelehnt.

Nun sag, wie geht es weiter,
Fred? Und was, bitte, was
löst uns auf?

Schau, da stolpert ein Spross
einem Lächeln entgegen.
Chirurgen verschwinden in Plastik.
Jemand greift im Schlaf
nach seinem Bier.

Doch das sind nichts als Einzelheiten,
Fred. Das sind bloß Fabeln.
Möglichkeiten unter Erwachsenen.
Mittel gegen die Kälte.
Das ist nichts.

Leg deinen Kopf
zwischen die Steine und sag,
was ist da wirklich, Fred?

Ein gelangweilter Wind
blättert sich durch Reklamen.
Ein Mann läuft vorbei,
als sei er ein Bote.

Ein Bordsteincanto.
Ein Iltisauto –
schnurrt und schnurrrrrt.

DIE SCHWÄNE VON KREUZBERG
für C.K.

Seid bedankt, ihr lieben Schwäne,
Euch widme ich mein letztes Lied

Du sagst, die Schwäne von Kreuzberg
haben dir schon so viel gegeben.
Eine Armada der Schönheit
mitten im Dreck,
den man manchmal
nicht umhin kommt zu sehen.

Ich kann das verstehen.
Gestern, als ich zu dir lief
im Regen, durchfroren, müde,
da zählte ich neunzehn von ihnen.
Fünf mit den Schnäbeln im Gefieder,
die andren scheinbar
unbeeindruckt von der Stadt.
Ich stand also auf der Brücke
in der Nähe deiner Wohnung,
stand da auf eine Zigarettenlänge
und dachte daran,
dass jemand sie geschickt haben muss.

Und dass du mir bitte Bescheid gibst,
wenn sie dir einmal fehlen –
Ich schicke dir Schwäne,
so viele du willst,
ich schicke dir Schwäne
stapelweise.

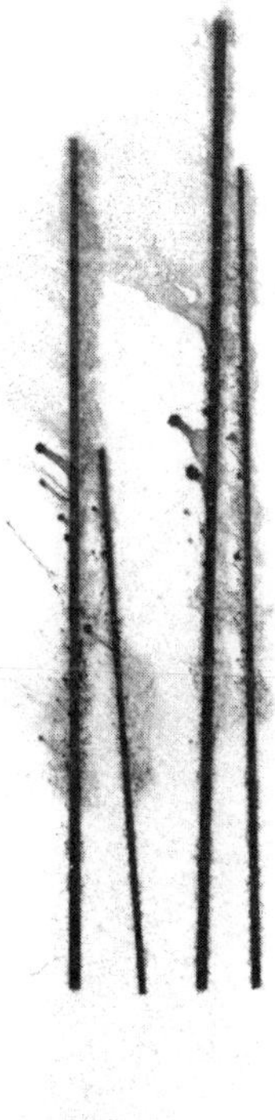

PEGASOS REDUX
für H.D.

Als ich da saß in diesem Taxi in Beirut,
in der Rushhour nachts unterm Sichelmond,
als der Fahrer plötzlich seine Tür öffnete
und staubiger Fahrtwind mir die Haare
vor die Gedanken trieb, als da mit einem Mal
ein düsterer Hengst, von wehenden
Tüchern besetzt, an uns vorbeigaloppierte,
auf der schwitzenden Straße, über die Kreuzung,
an Schlaglöchern und Ruinen vorbei,
da wollte ich dieses Bild nicht festhalten.
Da wollte auch ich meine Tür öffnen,
jalla, jalla rufen und abheben –
mit rostigen Flügeln durch geteilte Himmel,
über die geschundene Blume der Stadt.

THE DUST HAS COME TO STAY

So you may stay.
Or pass on through or
whatever ... (Paris, Texas)

Die Tage wechseln sich ab. Wie Namen auf Klingelschildern. Mittagsangebote. Mondphasen. Und manchmal kommen wir vor die Lippen eines großen Tiers beim letzten Gang durch den Arenasand. Nichts leuchtet ein. Der Nebel verschärft sich. Rauschen, allein. Aber gut ist zu glauben an: Jetzt sind wir hier. Und machen wir das Beste draus. Das Leuchten des Nebels. Die Angebote der Lippen. Das lebhafte Rauschen zwischen den Tieren, die hier sind, die wir sind, und dann tritt nichts ein.

So liegen wir. In verschwiegen langen Nächten. Mit verschieden schönen Körpern. Rauschende Farben in Nachbarpfützen, unfähig sich zu fixieren. Aber gut ist zu glauben, dass uns etwas zusteht: Ein vager Stern, eine Fußnote, Hoffnung. Nichts leuchtet ein. Rauschen, allein. Der Nebel verschärft sich.

ZERKNITTERTE STRAHLEN

Heizkörper, Kochtöpfe, Kugelschreiber.
Den Mittag denk ich metaphorisch.
Ich sag mal so: In meiner Küche regnet es.

Mein Stift ist Staffelstab von Tag zu Tag
und was dabei in Stille fällt,
ich mach kein Aufheben davon.

Der erste Satz, der in die Finger fuhr,
war ferngesteuert. Ein Komma
berührte die Landebahn,

bevor es lauter wurde und dann leise.
Es hätte auffliegen müssen.
Diese bestimmte Art der Bewegung,

dem Äther mitgeteilt, kann zum
Einspruch gegen Kälte werden.
Manchmal, anders, zu Licht.

ACH, EWIGER REVISIONISMUS

Heute Früh
aus Versehen die Nachtcreme benutzt.
Die Sonne zuckte.

Ich schluckte.
Zog Kajal, als teerte ich Straßen
am Rande ferner Planeten.

Und dachte, ich hätte
wen winken gesehen.

Später zog ich
dem Kaktus im Bad seine Stacheln.
Er braucht sich vor mir
nicht zu fürchten.

Wir wachsen langsam
und werden alt.
Ich glaub, unsre Kopfform
ist ähnlich.

ETWAS DAS REICHT

Ich seh mir gern meine Hand an,
wenn sie so daliegt
mit all ihren Möglichkeiten.
Und es gibt
nicht viel zu tun, außer vielleicht
auf ein paar Worte zu warten.

Die letzten fand ich
vor vier Wochen ca., nachts,
unter einer Cordhose
auf einem welken Palmenblatt.

Und bitte denk dran, es ist schön,
stand da. Und das war nicht mal von mir.

Aber danach konnte ich
lange an nichts anderes denken
als daran, dass es tatsächlich so ist

in manchen Momenten,
die nicht
über sich hinaus-
wachsen wollen.

MIT JEDEM WORT

erobern wir nichts.

Und doch heißts mutig sein:

dem Mantel der Welt

ein Stück Stoff

ENT
REISSEN.

DAS GEDICHT IST KEIN ORT, AN DEM WIR UNS TREFFEN

Alles möglichst einfach.
Alles kompliziert.

Hier sprechen wir von der Chronik des Zweifels.
Von zitternden Utopien.
Von Meditationen in Minenfeldern.
Von Wolken im Zimmer
in der Nähe von dir.

Sag, bist du, fiktive Kontaktperson,
verloren auf diesem
Bedeutungshof?

Auf dem einer steht, der die Bäume blau einfärbt.
Auf dem eine steht, der die Sprache beschlägt.
Auf dem nichts genauso gewollt war.

Das Gedicht ist kein Ort,
an dem wir uns treffen.

Doch es kommt, wie du siehst, voran.

Es schaltet alle Lichter aus,
und du musst es glauben:

Das Gedicht und die Rose sind eins.

Nehmen wir an, dass du diese Rose nun isst
und alles vergisst, was du schon weißt.

Nehmen wir an, die letzte Bewegung
im Text ist auch deine.

Tun wir mal so, als sei nichts gewesen.

Du bist bis auf Weiteres frei.

DANKE

Karin Fellner
Simon Karlstetter
Alexander Möckl
Marc Frank
Märkische Kulturkonferenz e.V.
Sebastian Wolter
Leif Greinus
Eva Mair-Holmes